食物教育繪本

餐桌禮儀

不准電視機吃飯

何巧嬋 / 著　　Spacey Ho / 圖

新雅文化事業有限公司
www.sunya.com.hk

食物教育繪本

不准電視機吃飯

作者：何巧嬋

繪圖：Spacey Ho

責任編輯：黃花窗

美術設計：何宙樺

出版：新雅文化事業有限公司

香港英皇道499號北角工業大廈18樓

電話：（852）2138 7998　傳真：（852）2597 4003

網址：http://www.sunya.com.hk

電郵：marketing@sunya.com.hk

發行：香港聯合書刊物流有限公司

香港新界大埔汀麗路36號中華商務印刷大廈3字樓

電話：（852）2150 2100　傳真：（852）2407 3062

電郵：info@suplogistics.com.hk

印刷：中華商務彩色印刷有限公司

香港新界大埔汀麗路36號

版次：二〇一七年六月初版

ISBN: 978-962-08-6789-7

© 2017 Sun Ya Publications (HK) Ltd.

18/F, North Point Industrial Building, 499 King's Road, Hong Kong

Published and printed in Hong Kong

Bibbie 和 Vivi 家裏有一位嫲嫲校長，嫲嫲校長愛編織愛烹飪，她更愛家裏的每一位親人。她為家人鑽研烹飪，準備美味的食物。不過，校長畢竟是校長，飯桌上有教導，有要求。一些物品絕對不能入侵嫲嫲校長的飯桌，你猜猜是什麼？

Bibbie 和 Vivi 有兩位校長，
一位在熊仔學校，
一位在家裏。

校長，早晨！

同學，早晨！

吓！在家裏？
家裏有家長，
怎會有校長？

熊仔學校

嫲嫲以前是熊仔學校的校長。
大家都叫她：**Bib Bib** 校長。

我最喜歡聽Bib Bib
校長講故事。

三豬又勤力又聰明。

這個故事真有趣。

Bib Bib 校長喜歡講故事說道理。
同學們都喜歡 Bib Bib 校長，
她說的故事很好聽。

榮休歡送會

Bib Bib校長，
捨不得你呀！

8

我要回家當嫲嫲校長呢。

Bib Bib 校長從學校退休了，成為了家中的嫲嫲校長。

嫲嫲校長喜歡編織，
七彩的毛線，實在太美麗了！
你看看，
爺爺戴上嫲嫲的愛心頸巾，
多麼神氣呀！

嫲嫲校長愛看烹飪書，
魚、肉、蔬菜，
煎、炒、蒸、煲、燉，
總有好菜式。

今天，
嫲嫲和爺爺要到 Bibbie 和 Vivi 家煮晚餐。

你猜猜，
嫲嫲帶來了什麼美味的食物？

嫲嫲和媽媽在廚房裏準備晚餐，
Bibbie 最饞嘴，立刻來幫忙。

需要試味嗎？

嫲嫲，這條魚很
新鮮呀。

爺爺最愛
酸甜排骨。

晚餐做好了。**吃飯啦！**

大家快來吃！

爸爸哪裏去？爺爺哪裏去？還有 Vivi 呢？

電腦的熒幕閃亮亮，書桌的文件堆滿滿，
爸爸好忙碌呀！

等，等等！我還要
覆電郵，回電話呢！

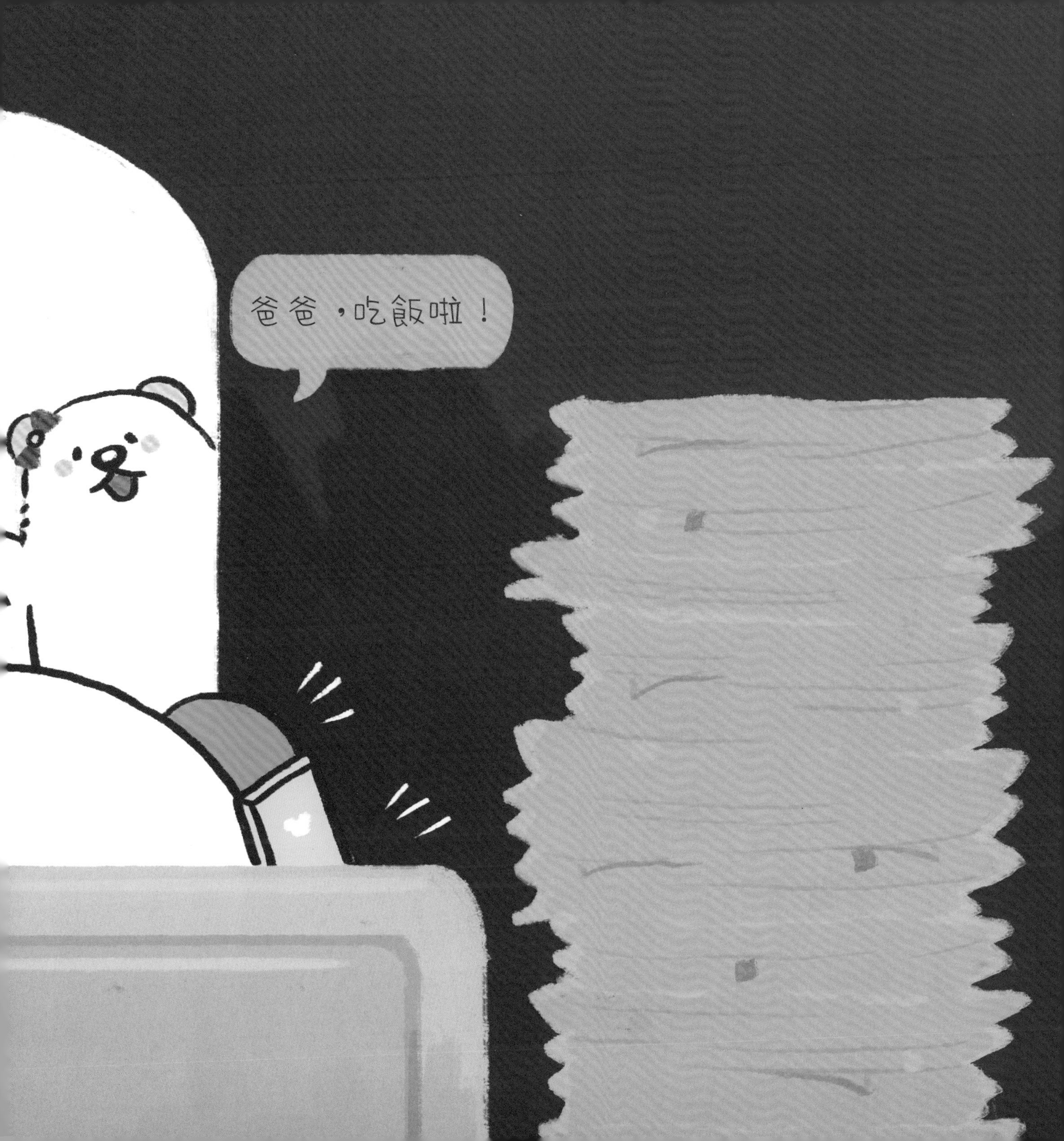
爸爸，吃飯啦！

足球總決賽，
老球迷、小球迷都不想放過。
爺爺和 **Vivi** 好緊張呀！

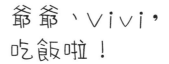

爺爺、vivi，
吃飯啦！

等等，等等！
要射12碼了！

可以一邊吃，
一邊看嗎？

電腦手機，
通通關掉！

爸爸，你不要忘記，
家裏有位嬷嬷校長呵！

嬷嬷校長說：
工作時工作，
吃飯時吃飯。

遵命！

不准電視機吃飯。

爺爺，你不要忘記，
家裏有位嫲嫲校長呵！

嫲嫲校長下命令：
不准電視機吃飯！

遵命！

27

嫲嫲校長還有話說：
專心吃飯，才能吃得出飯香；
專心吃菜，才能吃得出菜甜。

家中有位嫲嫲校長，真好！

共晉午餐

這天媽媽為爸爸、Bibbie 和 Vivi 預備了美味的午餐，有番茄炒蛋、粟米魚塊、腰果肉丁和雜菜湯。看，餐具也擺放好了。不過，飯桌上有一些不應該在晉餐時間出現的物品。小朋友，請你仔細看一看下圖，在不應該出現的物品上打叉，讓家人們可以專心、愉快地共晉午餐。

我會使用餐具

小朋友，你有一雙靈巧的手，會自己吃飯和喝水嗎？還不會？不要緊，請爸媽為你準備以下的工具進行遊戲，讓你練習運用不同的餐具，使自己的雙手變得越來越靈活和協調吧！

舀豆子遊戲

工具：1 個托盤、2 個碗、1 隻匙子、一些豆子

準備：把全部豆子放入其中 1 個碗，然後把所有工具放在托盤上。

玩法：用匙子把豆子從一個碗舀至另一個碗，重複遊戲。

變化：可改變碗、匙子和豆子的大小，來調節遊戲的難度。

倒水遊戲

工具：1 個托盤、1 塊毛巾、1 個水杯、2 個茶杯、清水

準備：把清水分別倒進 2 個茶杯，在托盤上蓋上毛巾，然後把所有工具放在托盤上。

玩法：把 2 個茶杯的水倒進水杯，然後再次分別倒進 2 個茶杯，重複遊戲。

變化：可改變水杯和茶杯的大小，以及水的分量，來調節遊戲的難度。

會自己吃飯的孩子

有些家長總是為孩子吃飯而煩惱，為的不是沒有好東西給孩子吃，而是孩子總是不專心吃或是孩子不會自己吃。然而，更多時候是家長沒有建立適當的晉餐環境，也沒有示範良好的餐桌禮儀，或是沒有耐性讓孩子自己吃。其實，解決方法並不困難：首先關上電視機、收起電話及其他干擾物品，一家人圍在飯桌溫馨地吃飯；然後，依照孩子的發展，給予他們自己吃飯的機會，他們會漸漸地愛上吃飯這回事。下表列出孩子在不同階段的自理能力發展，供家長參考，並逐步放手讓孩子自己吃飯。

年齡	自理能力發展
1 至 2 歲	<ul><li>能用手指把食物放進口中。</li><li>能用吸管喝。</li><li>能咀嚼固體食物。</li><li>會嘗試自己用匙子進食和用杯子喝水。</li></ul>
2 至 3 歲	<ul><li>能握匙子從碗中舀取食物進食。</li><li>能自行用杯喝而不弄瀉。</li><li>能自己吃東西，而且技巧已較為熟練。</li></ul>
3 至 4 歲	<ul><li>能熟練地用匙子吃東西，並大致保持清潔。</li><li>會自己洗手。</li></ul>
4 至 6 歲	<ul><li>學習使用筷子。</li></ul>

備註：資料整理自衞生署家庭健康服務和協康會。